고개를 숙인 채 당신의 발을 보지 말고,
고개를 들어 하늘의 별을 봐라.

· 스티븐 호킹(과학자) ·

KB191886

가장 최근에 별을 본 것이 언제인가요?

평생 한 번이라도 쏟아지는 듯한 별천지를 본 경험이 있으신가요?

가장 최근에 별을 본 것이 언제인가요?

인류의 조상들이 나무에서 내려와 두 발로 걷게 된 이후, 인간들은 밤이 되면 별을 보며 잠이 들었을 것입니다. 무섭고 외로운 밤이지만 총총히 빛나는 신비로운 빛들이 하늘에 있어 그들에게 위안을 주었을 것입니다. 언어가 생기자 인간들은 별들을 노래하고 이야기를 만들어냈습니다. 지금도 우리는 수천 년 전에 만들어진 별자리를 쓰고 있습니다.

현대인들은 별을 보지 않게 되었습니다. 굳이 평계를 대자면 광해(光害)를 들 수 있겠죠. 급격한 도시화로 밤이 밝아져서 은하수를 보려면 멀리 시골까지 가서도 가로등이 없는 깜깜한 장소를 찾아 헤매야 합니다. 가끔 고개를 들어 하늘을 볼 여유도 없이 사는데, 멀리까지 가는 별 여행에 하루를 투자하기는 힘듭니다.

별을 찍는 것을 직업으로 삼은 제게도 지구 반대편 오지까지의 여행은 쉬운 일이 아닙니다. 오로라를 찍을 때에는 영하 40도의 추위를 견뎌야 합니다. 사막의 별을 담기 위해 며칠 동안 아무도 없는 황무지를 헤매기도 합니다.

힘든 삶에 위로를 주는 별을 책에 담았습니다. 전 세계의 광해가 적은 지역들에서 본 쏟아지는 별들을 사진에 담았습니다. 차례에 상관없이 아무 곳이나 펼쳐서 봐도 좋게 구성했습니다. 잠깐잠깐 펼쳐서 별을 느껴주세요. 마음에 평화가 찾아올지도 모릅니다.

권오철

별 하나에 위로와
별 하나에 희망을

별을 보기 어려운 세상입니다. 주변이 온통 별보다 밝은 불빛들로 가득합니다. 밝은 빛이 눈을 가리는 빛 공해입니다. 보이진 않지만, 별은 언제나 내 곁을 맴돌고 내 삶을 지켜보고 있습니다. 그래서 힘들 때는 하늘을 봅니다. 어딘가에 있을 내 별에 위안을 받습니다.

늘 곁에 있어서 오히려 소중함을 느끼지 못했던 많은 존재가 코로나19라는 어려운 시기를 거치면서 새롭게 조명받고 있습니다. 세상은 아직 살아갈 만하다고, 용기를 버리지 않으면 반드시 새로운 희망과 만날 수 있다고 조곤조곤 말하고 있습니다. 유난히 힘든 시간이었지만, 각자저마다의 방식으로 인내하며 견딘 시간이었습니다.

어쭙잖은 위로의 말보다 늘 곁을 든든히 지키고 있다는

그 믿음이 더 큰 힘이 되는 시기입니다. 모두 같은 터널을 지나왔지만, 출구에서 만나는 모습은 제각각입니다. 이제 우리의 몫은 고생했다고 서로의 등을 토닥여주면 됩니다. 잠시 어깨를 빌려주고, 가슴을 열어주고, 귀 기울여주는 것만으로도 서로에게 큰 위안이 됩니다.

이 책이 그런 다독임입니다. 늘 보던 별, 언제나 우리 주변을 맴돌며 나를 위로하던 별, 그 별과 같은 책입니다. 아무 때나 어디를 펼쳐도 무시로 주는 위로, 삶의 어느 한순간이라도 도움이 필요하다면 손을 뻗을 수 있는 그곳에서 빛나는 별과 같은 책. 사진을 찍고 글을 쓰고 책을 만드는 모든 사람이 그런 위로의 마음을 오롯이 담았습니다. 우리 또한 힘겹게 어두운 터널을 지나온, 위로가 필요한 지친 영혼이기 때문입니다.

우리가 받고 싶은 위로를, 그리고 우리가 이미 별에게 받은 위로를 함께 나누고 싶은 마음이 온전히 전달될 수 있다면 책 한 권을 만들자고 잘린 나무들에게 조금은 덜 미안할 것입니다.

김인현

차례

1장

희망은 먼 곳이 아닌
내 곁에 있다

2장

실패도 성공을 위한
하나의 과정이다

3장

모든 성공엔 수줍게
시작한 첫걸음이 있다

4장

긍정 한 줌이면
불가능했던 일들도 가능해진다

5장

정성 없는 사랑은
아무리 커도 헛것이다

6장

태산을 옮기는 힘은
겨자씨만큼이나 작은 믿음이다

7장

별이 친구라는 것을
알아버렸다

모든 별이 친구가 되는 밤

일이
사람이
나를 버린 밤.

별 하나 가슴에 들어와
친구가 되어준 밤.

조바심

나만 멈춰선 듯한 기분.

모두 저만치 앞서가고
빠른 보폭으로 나를 앞질러 나가는데
혼자 덩그러니 광장에 버려진 기분.

때론 길을 잘못 들어 돌아가야 할 때가 있다.
그땐 늦게 간 사람이 선두에 서게 된다.

서둘다 지친 사람을 앞지르기도 하고
너무 일찍 도착해 목적지를 잃어버린 사람도 있다.

조바심 내지 말고 천천히 가면 된다.
결국, 목적지는 하나다.

나를 사랑한 날

낯선 지구별에서
혼자라고 느낄 때,

내 고민 들어줄
친구조차 없다고 느낄 때,

길을 잃고 고민하는 나에게
스스로 다정하게 손을 내밀어보자.

나를 가장 잘 아는 친구,
뭘 해도 이해해줄 친구.

모든 사랑의 시작은
자신을 사랑하는 일에서 시작된다.

일각

어둠 속에 감춰둔

마음의 칼피.

별빛을 빌어

살짝 내밀어본

마음의 한 켠.

소중한 것들은 언제나 내 곁에 있다.

먼 곳에서 찾아봤지만, 희망은 가까이 있었다.

간절할수록 해답은

바로 옆에서 발견되는 경우가 대부분이다.

1장

희망은
먼 곳이 아닌
내 곁에 있다

별은 오늘도
어김없이 뜬다

어둠이 짙어질수록 별은 더욱 반짝인다.

어둠이 깊어질수록 아침은 일찍 온다.

추위가 혹독할수록 봄은 일찍 온다.

밝은 대낮에도 별은 준비되어 있고,

한겨울에도 봄은 준비되고 있다.

—◇ **안면도 방포항**, 2002

해가 지고 노을이 깔리는 시간부터 별이 나타날 때까지 카메라 셔터를 열어두고 촬영한 사진이다. 밝은 두 궤적에서 위쪽이 목성이고, 아래쪽이 금성이다.

나만의 길잡이별을
가지고 있는가?

요즘 나오는 내비게이션엔 '따라가기'라는 기능이 있다.

먼저 다녀간 사람의 경로를 고스란히 뒤따르는 것이다.

만들어진 길을 가긴 쉽다.

이미 앞서간 사람들이 걸어간 길을 따라가기만 하면 된다.

하지만 마음의 길은 상황이 조금 다르다.

내비게이션도 없고, 먼저 간 사람이 만들어둔 길도 없다.

이런 길을 가려면 믿음에 의지해야 한다.

그래서 나만의 길잡이별이 필요하다.

────◦ **경남 합천**, 2010

매화산 청량사의 새벽. 동이 트기 직전의 남동쪽 하늘에 오리온자리와 큰개자리의
별들이 떠 있다. 밤하늘에는 모두 21개의 일등성이 있다. 그중 우리나라에서 볼 수
있는 것이 15개인데, 이 중에서도 7개가 겨울철에 보인다. 그래서 겨울철 별자리들
은 다른 계절에 비해 화려한 느낌을 준다.

혼자 빛나는 별은
단 하나도 없다

혼자 살아온 듯싶어도 버팀목이 있었다.

힘들고 어려운 순간마다 힘이 되어준 사람들이 있었다.

정작 힘든 고비마다 도움을 받았지만, 모르고 살았다.

귀찮고 성가신 존재라고 여긴 적도 많았다.

떠난 뒤에 소중함을 알았고, 사라진 뒤에야 빈자리가

크다는 것을 깨달았다.

내 삶의 가장 어려운 순간을 함께했으며,

나를 가장 환하게 빛날 수 있도록 도와준 것은 가족이었다.

수많은 별 중에 그 어느 별도 혼자 빛날 수 없다.

───◇ **경기도 마석**, 1992

대학교 1학년 시절 촬영한 사진이다. 별을 보는 동아리에서 관측회를 나갔다. 새벽
이 되자 물안개가 몰려왔는데, 이슬이 뿌옇게 내린 카메라를 부여잡고 사진을 찍었
더니 별이 이렇게 퉁퉁 부어 나왔다. 가장 밝게 보이는 별이 시리우스인데, 동양에
서는 천랑성이라고 부르던 별이다. 실제로 밤하늘 전체에서 가장 밝은 별이다.

모든 것은
마음먹기에 달렸다

짚신을 파는 첫째 아들과 우산을 파는
둘째 아들을 둔 어머니가 있었다.
비가 오면 첫째 아들을, 맑은 날은 둘째 아들을
걱정하는 어머니였다.
비가 오면 짚신을 팔지 못하는 첫째 아들 걱정에,
맑은 날은 우산을 팔지 못하는 둘째 아들 걱정에
하루하루가 한숨이었다.

우산을 파는 첫째 아들과 짚신을 파는
둘째 아들을 가진 엄마도 있었다.
비가 오면 첫째 아들 생각에,
맑은 날은 둘째 아들 생각에 웃음 짓는 어머니였다.

비가 오면 첫째 아들 장사가,

맑은 날은 둘째 아들 장사가 잘될 거라는 생각에

늘 웃음 지었다.

바뀐 것은 없다.

어떤 생각을 하느냐의 차이일 뿐이다.

캐나다 옐로나이프, 2012

구름 너머로 오로라가 빛난다. 주로 볼 수 있는 약한 초록색 위로 붉은 빛이 살짝 비친다. 태양에서부터 날아온 입자들이 지구 대기의 공기 입자들과 충돌하면 공기 입자가 받은 에너지를 빛의 형태로 내보내는데, 이것이 바로 오로라다. 오로라는 지구의 양 극지방 부근에서 볼 수 있다.

걱정의 고리를
단호하게 자르자

인터넷에서 어떤 상품을 검색하거나
물건을 주문하고 나면 사이트마다 비슷한 상품들이
줄줄이 따라다닌다.
내가 어떤 것에 관심이 있고 뭘 필요로 하는지,
나도 모르는 나를 인터넷은 너무나도 잘 알고 있다.

걱정은 걱정을 만들고, 의심은 잔가지를 치며
범위를 넓힌다.
내 관심사를 귀신같이 알고 있는 인터넷 사이트처럼
걱정도 끊임없이 범위를 넓혀나간다.
인터넷의 관심을 돌리는 방법은
딱 한 번 전혀 다른 것을 검색하는 것이다.

걱정의 고리를 끊는 법 역시 다른 생각을 하는 것이다.

걱정이 키운 걱정 속에 갇혀 더 큰 절망을 하기 전에

걱정의 고리를 단호하게 끊어내야 한다.

단 한 번이면 된다.

———◆ **캐나다 옐로나이프,** 2011
극지의 하늘을 형광빛으로 물들이는 오로라
가 나타났다. 오로라는 하늘 전체를 뒤덮는
다. 이렇게 넓은 대상을 촬영하기 위해 물고
기 눈처럼 튀어나온 어안렌즈를 사용했다.
그래서 지평선이 둥그렇게 휘었다.

늦었다고 할 때가
늦은 것이다

나이가 들수록 사진 찍히는 것을 싫어한다.
찍어주겠다고 누군가 카메라를 들이밀면 지금은 새로운
사진을 찍을 때가 아니라 이미 찍은 사진들을 지워야 할
때라며 손사래를 친다.

그게 언제든 사진을 찍은 그 순간이 인생에서 가장 아름
다운 순간이다. 하루 더 지나면 그만큼 더 나이를 먹는
것이다. 미루고 미루다 보면 버나드 쇼처럼 "내 이럴 줄
알았어"라고 탄식을 하는 날이 올 것이다.

늦은 것은 없다. 늦었다고 생각할 때가 가장 늦은 것이
고, 그때부터 하루하루 지날수록 더 늦어진다.

호주 카리지니 국립공원, 2012

우리 은하의 중심 방향이 남반구 쪽이기에 남반구로 가면 북반구에서보다 은하수
중심부가 높이 올라오면서 짙은 은하수를 볼 수 있다. 커다란 흰개미집을 배경으로
삼아 은하수가 만드는 아치를 촬영했다.

힘이 하나로
모이는 순간!

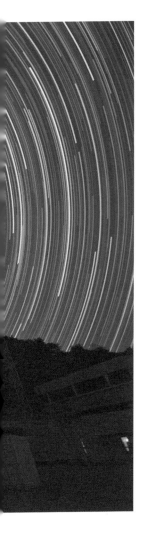

줄다리기를 하다 보면 서로의 힘이 완벽하게 같아지는 순간을 만난다.

어느 쪽으로도 밀리지 않는 바로 그 순간, 시간은 정지한 듯 그대로 멈추고 줄은 공중에서 미동도 하지 않는다.
그 팽팽한 순간, 단 한 사람이라도 호흡을 빼앗기면 승부는 한쪽으로 기운다.

모든 사람의 힘이 하나로 모이는 그 순간의 집중력! 살아가다 보면 그 집중력이 필요한 순간이 있다.

⟶ 청주, 2015
공군사관학교 내의 조형물을 배경으로 북쪽 하늘 별들의 일주운동을 촬영했다. 별들은 북극성을 중심으로 하루에 한 바퀴씩 돈다. 사실은 별이 아니라 지구가 도는 것이고, 북극성은 정확하게 북극이 아니라 살짝 비켜나 있다.

지옥과 천국은
마음먹기에 달렸다

두 사람이 마주 앉아 아주 긴 숟가락으로 밥을 먹는다.

혼자서는 절대 먹을 수 없는 길이의 숟가락이다.

천국은 그 숟가락으로 상대방을 먹여주고,

지옥은 그 숟가락으로 혼자 먹으려고 발버둥 친다.

마음먹기에 달렸을 뿐,

천국이나 지옥이나 결국 같은 곳이다.

그런데도 굳이 둘을 구분하자면

지옥은 희망이 없는 곳이다.

내가 밥을 먹을 수 있다는 희망이 없는 곳,

상대방이 내게 밥을 먹여주리라는 희망이 없는 곳.

어떤 상황이라도 희망을 버리면 안 된다.

아무리 어려운 일도 '도전하면 반드시 이루어진다'는
희망만 있으면 시작도, 도전도 가능하다.

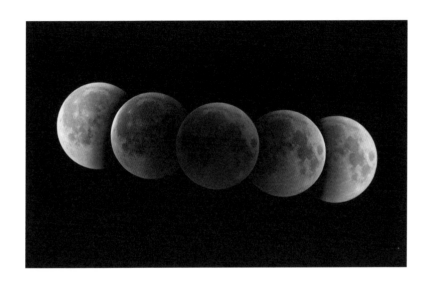

———◇ **우즈베키스탄**, 2018

개기월식 때 달의 변화를 촬영했다. 맨 가장자리 두 달의 어두운 부분의 경계선을
둥그렇게 연장하면 화면 가운데를 차지하는 커다란 원을 그릴 수 있다. 이것이 바로
지구의 그림자다. 옛 그리스의 현인들은 이 그림자의 모양을 보고 지구가 둥글다는
것을 깨달았다고 한다. 이 그림자 안으로 들어간 달은 안 보이게 되는 것이 아니라
붉게 변한다. 지구 대기를 통과해서 굴절한 빛은 푸른빛이 산란되고 붉은색으로 치우
치게 되기 때문이다.

별처럼 빛나며
별이 된 인공위성

건너편 아파트 위에 2개의 별만이 떠 있던 밤이었다.
하나는 밝게 반짝였고, 다른 하나는 곧 꺼질 듯 아련했다.

밝게 빛나는 별보다 꺼질 듯 아련한 별에 신경이 쓰여
자꾸만 베란다로 나가 하늘을 보았다.
나란히 떠 있던 2개의 별이 나가서 볼 때마다
거리 두기를 하고 있었다.
밝게 빛나는 별이 희미한 별에서
자꾸만 멀어지고 있었다.

밤하늘엔 별만 떠 있는 게 아니다.

달이 떠 있고, 희미하게 구름도 떠 있다.

우리 눈에 보이지 않지만, 반대편 하늘엔 해도 떠 있다.

밤하늘에 별처럼 빛나는 것 중엔 별이 아닌 것도 있다.

인간이 쏘아 올린 작은 별, 인공위성이다.

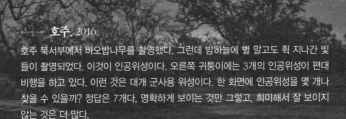

◦━━━━━◦ **호주**, 2016

호주 북서부에서 바오밥나무를 촬영했다. 그런데 밤하늘에 별 말고도 휙 지나간 빛
들이 촬영되었다. 이것이 인공위성이다. 오른쪽 귀퉁이에는 3개의 인공위성이 편대
비행을 하고 있다. 이런 것은 대개 군사용 위성이다. 한 화면에 인공위성을 몇 개나
찾을 수 있을까? 정답은 7개다. 명확하게 보이는 것만 그렇고, 희미해서 잘 보이지
않는 것은 더 많다.

나를 낮춰야
좋은 친구를 만난다

어떤 날엔 셀 수 없이 많은 별이 보이고, 어떤 날은 손가
락으로 꼽을 만큼 적은 숫자의 별이 보인다.

그리고 또 어떤 날은 별 하나 없는 캄캄한 밤이 되곤
한다. 그런데도 하늘엔 늘 똑같은 별이 떠 있다.

별이 온전히 빛나려면 까다로운 조건들이 필요하다.
별보다 내가 더 빛나는 곳, 달이 더 밝게 빛나는 곳에선
별들도 몸을 감춘다.

안개가 별을 가리거나 공해가 하늘을 가리면 제대로 된
별을 볼 수 없다. 나를 낮춰야 좋은 친구를 만날 수 있
는 것과 같은 이치다.

———◇ **소백산천문대**, 2001

새벽, 동이 터오는 푸른 하늘에 달과 여러 행성들이 모여 있다. 달 위로 금성과 토성이 보이고, 오른쪽으로 조금 떨어진 밝은 별은 황소자리의 일등성 알데바란이다. 왼쪽 아래 천문대 돔 위로 희미하게 빛나는 것은 목성이며, 그 조금 아래 수성은 돔에 가려져 있다.

1등이 최고였던 시절이 있었다.

2등을 하고도 억울해서 울던 그때.

하지만 실패의 경험은 성장의 밑거름이 된다.

실패의 경험은 많을수록 좋다.

2장

실패도
성공을 위한
하나의 과정이다

시작은
절반의 성공이다

"내가 한 살이라도 어렸더라면"이라는 말을 자주 듣는다.
"내가 네 나이라면"이라는 말도 자주 듣는다.
지금은 늦었다며 자책하고 후회하는 사람들을
자주 만난다.

세상에 늦은 시작이란 없다.
시작하는 그 순간, 이미 반은 성공한 것이다.
시작한 그때가 남은 인생에서
가장 빠른 시작의 순간이다.

지나온 시간을 후회하는 사람에게

원하는 시점으로 삶을 되돌려줘도

만족하지 않을 것이다.

원하는 시간으로 되돌아가더라도

결국은 그 시점보다 더 앞의 시간을

부러워할 것이기 때문이다.

———◇ **부산 일광**, 1994

크리스마스, 시골마을의 성당에 불빛 장식이 빛난다. 밝은 별의 궤적이 보이는데, 이 별이 밤하늘에서 보이는 별 중 가장 밝은 별인 시리우스다. 시리우스는 −1.5등급인데, 우리 은하계에서 가장 밝은 별은 아니다. 우리 태양계에 상대적으로 가까이 있다 보니 밝게 보이는 것이다. 우리 은하계에는 시리우스보다 훨씬 밝은 별이 매우 많이 있다. 단지 거리가 멀어서 희미하게 보일 뿐이다.

성공하고 싶다면
도전이 먼저다

좋은 사진은 한 번에 얻어지지 않는다.

여러 번의 도전 뒤에야 제대로 된

사진 한 장이 만들어진다.

기대를 안고 찾아가면 구름이 별을 가리고,

구름 없이 맑은 날이라는 기대는

갑자기 나타난 비행기가 무너뜨려버린다.

눈 때문에, 자동차 불빛 때문에,

구도와 노출 혹은 바람 때문에 기대는 실망으로 변한다.

그럼에도 성공을 만드는 한 걸음!

도전이 잦아야 성공이든 실패든 가능하다.

———◇ **충남 서산**, 2004

보원사지 절터에 덩그렇게 남은 석탑을 배경으로 북쪽 하늘의 일주운동을 촬영했다. 탑의 모습이 드러나려면 가느다란 달빛이 필요했고, 바닥을 깨끗하게 표현하기 위해서는 눈이 와서 덮여야 했다. 그리고 아무도 안 밟아야 했다. 이 모든 조건을 만족하는 상황을 찾아 수십 번을 시도한 뒤에야 성공한 사진이다.

성공을 위해서는
예행연습이 필요하다

실패가 두려워 아무것도 하지 않는 사람은
실패는 물론 성공도 할 수 없다.
한 우물을 파야 하지만, 물이 나오지 않는
여러 개의 우물을 파본 경험이 있어야
물이 나오는 우물을 만날 기회도 많아진다.

좋은 아이디어를 얻는 가장 좋은 방법은
많은 아이디어를 생각하는 것이다.

실패가 쌓이면 경험이 되고,

이 경험은 성공을 위한 좋은 거름이 된다.

이순신 장군이 희대의 명장이 될 수 있었던 건

패전으로 수많은 부하를 잃어본

뼈아픈 경험이 있었기 때문이다.

패전으로 죽음의 문턱까지 다녀왔기 때문이다.

———◦ 캐나다 밴프 국립공원, 2014

캐나디언 로키산맥 위로 보름달이 떠오른다. 달은 지구 주위를 타원 궤도로 돌기 때문에 거리가 조금 가까워지기도 하고, 조금 멀어지기도 한다. 그때 우리 눈에 보이는 크기가 커졌다 작아졌다 하는데, 그것을 '슈퍼문, 미니문'이라고 한다. 사실 맨눈으로 느낄 만큼 큰 차이는 아니다. 오히려 지평선 가까이에 있는 달이 크게 느껴지는 것은 착시 현상이다.

먼 바다로 나가야
새 세상이 보인다

바다 끝까지 가면 깊은 절벽이 있다고 믿었던 시절이 있었다. 그 절벽 아래로 떨어지면 영영 살아 돌아올 수 없다는 두려움은 가까운 바다만 맴돌게 만들었다.

두려움은 도전정신을 막았다.
보이지 않는 곳은 가보려는 시도조차 하지 않았다.
결국 보이지 않는 곳까지 나간 사람만이 신대륙을 발견할 수 있었다.

인생의 끝을 본 사람은 아무도 없다.
당장 눈앞에 보이는 현실 너머의 삶이 보이지 않는다고 두려워만 한다면 신대륙은 결코 발견할 수 없을 것이다.

———◇ **독도**, 2013

독도에서 지는 해를 촬영했다. 뒤에 보이는 섬이 울릉도다. 『세종실록지리지』의 그 유명한 50쪽 셋째 줄에 나오는 것과 같이 울릉도와 독도는 날씨가 맑으면 서로 보인다. 이 사진을 찍던 날. 반대편인 울릉도에서도 독도가 보일 것이라는 생각을 했다. 그리고 그때부터 울릉도에서 독도의 일출 사진을 찍는 프로젝트가 시작되었다.

참된 위로는 묵묵히
곁에 있어주는 것이다

듣기 좋은 말로 다독이는 것이나 해결해주겠다며 나서는 것이 도움이 된다고 믿는 사람이 있다. 어쭙잖은 위로는 상처가 될 수 있다. 섣불리 나선 도움 때문에 상황이 더 악화하는 예도 많다.

말없이 곁을 내어주는 것. 때론 가만히 손 내밀어 힘겨운 어깨를 보듬어주는 것, 토닥여주는 그 작은 손짓이 백 마디 말보다 더 큰 위로가 되곤 한다.
참된 위로는 묵묵히 곁에 있어주는 것이다.

———◇ **거제도**, 1997

서쪽 하늘에 행성들이 옹기종기 모여 있다. 지구와 목성, 화성, 금성, 해왕성, 명왕성, 달, 태양이 우주공간 상에서 거의 일직선으로 배열되었을 때의 사진이다. 오른쪽 아래의 구름 뒤로 보이는 가장 밝은 것이 달이며, 왼쪽 위에서 차례로 금성, 화성, 목성이 보인다. 금성 아래쪽의 명왕성과 달 바로 아래의 해왕성은 그 밝기 때문에 이 사진에 나타나지는 않았다. 때는 20세기가 끝나가는 세기말, 누군가는 '우주쇼'라고 부르고 누군가는 '그랜드 크로스'라고 부르며 지구 종말을 외쳤지만 21세기는 아무 일도 없다는 듯 찾아왔다.

하루 정도는 온전히
나를 위해 살아보자

할 일이 산더미 같은데 시작하지 못할 때가 있다.

손가락 하나 꼼짝하기 싫고

이불 속에서 뭉그적거리느라 일어나기도 싫을 때,

이런저런 핑계를 대며 시간만 축내고 있을 때가 있다.

그러면서 혼자 조바심을 낸다.

해야 할 일을 하지 못하고 있다는 죄책감에 시달린다.

머리가 복잡한 날은 시간을 허비해도 된다.

일을 내팽개치고 하루쯤의 삶을 내버려둔다고 해서

인생이 달라지진 않는다.

하루 정도는 온전히 나를 위해서만,

방치든 회피든 오직 나를 위해서만 버려도 좋다.

──◇ **서울**, 2015
롯데타워가 한창 막바지 공사중이던 때, 일출 장면을 같이 담았다. 지표면에서
500미터가 넘는 곳에 새벽부터 나와서 일하는 사람들의 실루엣이 태양 앞으로 보
였다.

스스로 만드는
소소하고 사소한 행복

사람마다 행복의 조건은 조금씩 다르다.
돈이 많은 것이, 사회적으로 큰 성공을 이룬 것이,
크게 이름을 알린 것이 행복의 조건이 되기도 한다.
하지만 어떤 사람은 아주 작고 사소한 것에서도
행복을 느낀다.

참된 행복은 돈이 많고 적음에 있지 않다.
어떤 마음을 가졌느냐가 중요하다.
하루하루 주어진 것에서
행복을 느끼는 사람이 있는가 하면,
다른 사람들을 시기 질투하며
자신을 스스로 불행 속에 가둬두는 사람도 있다.

작고 사소한 것으로도 행복해할 줄 아는 사람만이

더 많은 행복을 가질 수 있다.

◇── **스페인 라팔마,** 2017

스페인이라고 하지만, 위치는 아프리카 대륙의 서쪽에 떠 있는 작은 섬들이다. 이 섬들 중 하나의 꼭대기에 많은 천문대가 몰려 있다. 이 중 GTC(Gran Telescopio Canarias)는 유효 구경이 10.4미터에 달하는 현재 세계 최대의 망원경이다. 이 망원경을 배경으로 북쪽 하늘의 일주운동을 촬영했다.

작은 것, 작은 성공에도
만족하자

내가 원하는 것보다 작은 성공이면 실망한다.

정상을 목표로 출발한 산행이지만

중간쯤에서 포기할 때가 있다.

체력이 허락하지 않으면 밟을 수 없는 것이 정상이다.

무리해서 정상으로 가다가 오도 가도 못하는 상황이

생길 수도 있다.

내 능력이 허락하는 곳에서 멈추었다가

다음 기회를 노려보는 것도 방법이다.

목표는 크게 삼되 작은 성공에 만족하며

차근차근 목표를 향해 다가가는 것이 중요하다.

———◦ **부산 기장**, 1995

해가 진 후 나타난 초승달이 서쪽 능선으로 넘어가기 직전이다. 달이 이렇게 가느다랗게 보일 때에는 어두운 반대편이 드러나는데, 이것을 지구조라고 부른다. 달의 밝은 부분은 태양에서 온 빛을 반사해서 우리 눈에 보이는 것인데, 어둡게 보이는 부분은 태양 빛이 지구에 반사되어 달을 비춘 것이다.

나를 가만히 내버려두는
시간이 필요하다

세상을 떠나 깊은 산속에서 홀로 살아가는 사람들의

삶을 소개하는 TV프로그램이 인기다.

그렇게 살 순 없지만, 모든 것을 잊고

자연인의 삶을 사는 것을 부러워하는 것이다.

사람은 혼자서는 살 수 없는 존재다.

그러면서 또 혼자 있기를 원한다.

일에 묻혀 살다가 탈출을 꿈꿀 때가 있다.

숨이 턱턱 막히고 지금 당장 이곳을 벗어나지 않으면

폭발할 것 같을 때,

그럴 때는 나를 가만히 내버려두는 시간이 필요하다.

바람이 부는 들판에, 파도치는 해변에,

별이 뚝뚝 떨어지는 밤하늘 아래, 시간을 내버려둬보자.

가끔은 온전히 나를 위해서만 시간을 써볼 일이다.

———◇ **부산 기장**, 1993

신라시대 원효대사가 창건한 장안사에
딸려 있는 부속 암자인 척판암에서 밤을
지새웠다. 작은 석탑을 배경으로 북쪽의
별자리, 카시오페이아자리의 일주운동
을 담았다. 카시오페이아자리는 북극성
가까이 있어서 우리나라에서 볼 때 지는
일이 없이 밤새 볼 수 있다.

깊은 어둠과 만나야
가장 빛날 수 있다

혹독한 추위가 지난 뒤에야 봄이 온다.

어둠이 짙어진 뒤에야 아침을 맞을 수 있다.

별이 가장 빛나는 것은 깊은 어둠과 만났을 때이며,

해가 뜨기 전과 해가 진 직후에 혹독한 추위가 찾아온다.

시련은 나를 성장시키고,

나를 가장 빛날 수 있도록 단련시킨다.

삶이 바닥에 닿았다는 것은

다시 솟아오를 일만 남았다는 뜻이다.

수영을 할 줄 모른다면, 바닥을 딛고

물 위로 솟아오르는 법을 배워야 한다.

──────◇ **경주**, 2015

문무대왕릉의 일출이다. 해 아래쪽에 반사된 모양처럼 보이는 것이 바로 '오메가 현상'이다. 맑고 추운 날에 주로 발생하는 빛의 굴절현상으로 사막의 신기루와 같은 원리로 일어난다. 삼대가 덕을 쌓아야 볼 수 있다는 말이 있을 정도로, 그리 흔하게 볼 수 있는 일출은 아니다.

멋진 집은 한 장의 벽돌에서 시작되고,
머나먼 여행길도 첫걸음이 시작이다.
성공이라는 거창한 이름 앞에는
언제나 '첫걸음'이라는 소박한 시작이 있었다.

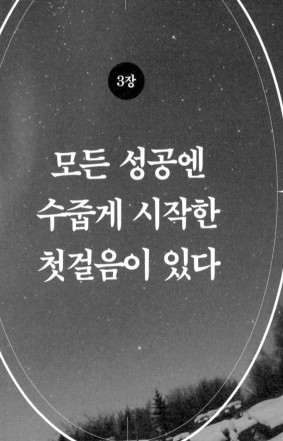

3장

모든 성공엔
수줍게 시작한
첫걸음이 있다

내 삶의 책임은
오직 내게 있다

요즘 인터넷에는 어느 옷을 입어야 하는지,

어떤 신발을 신어야 하는지 묻는 글이 자주 올라온다.

심지어는 '지금 집을 사야 하나요?'

'지금 이 사람과 헤어져야 하나요?' 등 인생의 중요한

선택을 앞둔 상황에서 얼굴도 모르는 사람들에게

결정해달라는 글도 자주 보게 된다.

누군지도 모르는 사람들에게 내 선택의 결정권을 맡긴다.

선택 장애가 있는 사람이 늘고 있다.

인생에서 어떤 결정을 하건 결과는 자신의 몫이다.

잘못된 선택에 따른 후회 역시 본인 몫이다.

실패를 해봐야 더 좋은 선택을 할 수 있다.

결정권을 남에게 넘기면 점점 더 선택에 대한 확신은

사라지고 타인 탓을 하게 된다.

—◇ **미국 하와이**, 2014

하와이를 이루는 여러 섬 중 가장 큰 섬이 빅 아일랜드(Big Island)다. 이 섬의 가장
높은 산이 마우나케아(Mauna Kea)인데, 이 정상에 많은 천문대가 모여 있다. 인근
에 있는 이 작은 호수는 원주민들이 신성하게 여기는 장소였다고 한다. 은하수가 빛
나는 하늘 아래 물에도 별이 빛난다. 옆에 나온 텐트는 숙박을 위한 것이 아니라 사
진의 배경을 위해 쓰인 소품이다.

작은 이익을 버리면
큰 게 보인다

게임을 하다 보면 눈앞의 미션을 수행하느라
시야가 좁아지는 경험을 자주 하게 된다.
넓은 시야로 보면 해결할 수 있는 다양한 방법이 있음에도
당장 눈에 보이는 것들만 해결하다가 게임이 끝나버린다.

작은 이익을 좇다 보면 그것에 매몰되어 버린다.
당장 눈에 보이는 것들에 집중하느라
더 큰 보상을 잊게 된다.
장기를 두는 두 사람보다 옆에서 훈수를 두는 사람 눈에
더 많은 수가 보이는 것 역시 같은 이치다.

넓은 시야를 가져야 한다.

작은 실수에 절망하지 말고,

사소한 손해에 분노해선 안 된다.

원래 완벽한 사람이 한번 무너지면 크게 무너지는 법이다.

작고 사소한 일들을 대범하게 넘기면

큰 손해나 실수도 대범하게 넘길 수 있다.

——◇ **전북 고창**, 2001

병을 뒤집어놓은 것처럼 생겼다고 해서 병바위로 불린다. 실제로 보면 병이라기보다는 사람의 얼굴처럼 보인다. 뒤로 마차부자리 별들의 일주운동을 담았다. 실제 가서 보면 정말 기운이 묘한 곳인데, 바로 앞으로 넓은 도로가 나면서 이제 별 사진 찍기는 쉽지 않게 되었다.

복을 버리고 불행을
택하고 있지는 않은가

'일용할 양식'이라는 말이 있다.

딱 하루치 식량, 더도 말고 덜도 말고

딱 그만큼이라는 말이다.

신은 인간에게 극복할 수 있을 만큼의 고난을 준다.

충청도 어느 암자 옆 바위에 딱 하루 먹을 만큼의

쌀이 나오는 작은 구멍이 있었다.

덕망 높은 승려를 모신 행자는 매일 아침

그 구멍에서 쌀을 받아 식사를 준비했다.

하지만 매일 조금씩 나오는 쌀을 받아내는 일이

여간 성가신 게 아니었다.

행자는 꾀를 냈다.

구멍을 후벼 파서 구멍을 조금 넓히면

좀 더 많은 쌀이 나올 것이라는 생각이 든 것이다.

어느 날 그 구멍에 꼬챙이를 꽂아 넣었다.

그러자 구멍에서 핏물이 쏟아지면서

더는 쌀이 나오지 않았다.

욕심은 하루 한 개씩 황금알을 낳아주던

거위의 배를 갈라 죽이고 마는 어리석음이다.

전북 고창, 2001

당산나무 뒤로 북쪽 하늘의 일주운동을
담았다. 밤하늘의 별들은 하루에 한 바퀴
씩 도는 것처럼 보인다. 24시간에 360도
이므로 1시간엔 15도. 북극성을 중심으
로 별들이 흘러간 궤적의 각도를 재보면
몇 시간이나 촬영했는지를 역으로 알아
낼 수 있다.

아무 때나
만날 수 없는 친구!

평생에 한 번, 운 좋으면 두 번까지는

만날 수 있는 친구가 있다.

어린 시절에 만났다면 노인의 몸으로 만날 수 있고,

젊은 시절에 만났다면 다시는 영영 못 만날 수도 있다.

거대한 타원형의 궤도를 따라 한 바퀴를 도는 데

76년이 걸리는 핼리 혜성이다.

한번 지구 근처를 스쳐가면 76년 뒤에나 다시 만날 수 있다.

핼리 혜성은 1986년 우리 곁을 지나갔다.

76년 뒤에나 다시 만날 수 있으니

다시 만날 수 있는 날은 2061년 7월 28일로 추측된다.

──◦ **거제도,** 1997

거제도에서 바라본 부산의 모습이다. 도시 불빛들 위로 긴 꼬리를 가진 천체가 보인다. 헤일-밥 혜성으로, 최근 100년을 통틀어 가장 밝은 혜성 중의 하나였다. 밤하늘에서 가장 밝게 보이는 천체였으며, 이온꼬리와 먼지꼬리가 2개로 나뉜 모습을 볼 수 있었다. 앞으로 2,500년을 기다려야 다시 볼 수 있다고 한다. 헤일-밥 혜성은 2533년에 한 번 지구 근처를 지나간다. 1997년 우리 곁을 스쳐갔고, 4380년에 다시 지구를 만나러 온다. 그립다 못해 안쓰러운 친구다.

원하는 것을 이루려면
멈추지 말아야 한다

영화 〈1917〉의 마지막 장면을 보면

열심히 달려오는 주인공이 적을 향해 돌격하는

동료들과 부딪치면서 넘어지는 장면을 볼 수 있다.

그런데도 주인공은 다시 일어나 뛰기를 멈추지 않는다.

그렇게 넘어져도 일어나 다시 뛰고,

넘어져도 다시 달리는 데는 이유가 있었다.

수많은 군인을 살리려면 반드시 작전명령서를

전달해야 했기 때문이다.

원하는 것을 이루려면 멈추지 말아야 한다.

이런저런 장애물이 앞을 막아서겠지만,

쉼 없이 계속해서 달리다 보면

반드시 목적지에 도달할 수 있다.

———◦ **경기도 일죽**, 1994

오리온자리의 삼태성과 오리온 대성운을 촬영한 것이다. 별이 이동하는 속도에 맞춰 따라가주는 추적장치를 이용해서 노출을 길게 주던 중에 장치의 전원이 나가버렸다. 장치가 멈추자 별이 이동하는 것이 이렇게 긴 궤적으로 촬영되었다. 우연이 만들어낸 사진이다. 위쪽 밝은 세 궤적이 오리온자리의 삼태성이고, 아래쪽 가운데의 붉은 색 덩어리가 오리온 대성운이다. 하늘의 적도 근방이라 궤적이 직선에 가깝게 나타났다.

별 아래
하나가 된 세상

관노와 임금, 세상에서 가장 낮은 자와 가장 높은 자의
우정을 그린 영화 〈천문: 하늘에 묻는다〉를 보면
세종대왕이 "저 많은 별 중에 내 별이 어디 있을까?"라
고 묻는다. 장영실은 당당하게 별 중에 가장 높은 별 "북
극성"이라고 말한다.

다시 세종은 장영실에게 너의 별은 어디 있느냐고 묻는다.
장영실은 천한 놈은 죽어서도 별이 될 수 없어
자신의 별은 없다고 말한다.

같은 하늘 아래 같은 꿈을 꾸는 것이 중요하다며

북극성 바로 옆 작은 별을 장영실의 별로 지정해준 세종.

늘 발 아래 세상만 보던 세종과 머리 위 사람들을 떠받

들던 장영실. 하지만 두 사람은 별빛 가득한 하늘 밑에선

같은 사람이었다.

───◇ **강원도 태기산**, 2020

저 별들 중에서 북두칠성을 찾아보자. 가운데에 국자 모양으로 배열된 일곱 별이다. 이제 아래쪽 끝 두 별을 이어 오른쪽으로 시선을 옮겨보자. 두 별 거리의 다섯 배쯤 나간 곳에 비슷한 밝기의 별이 하나 있다. 이것이 북극성이다. 북극성은 의외로 그다지 밝지 않다. 굳이 순위를 따지면 한 오십 번째쯤 되는 별이다. 그래서 북두칠성이나 카시오페이아자리처럼 근처의 별 무리들에서 찾아나가야 한다.

어려운 일을
해내는 비법

소설을 쓰는 방법 중 10개의 조각으로 나눠 쓰기가 있다.
기승전결에 맞춰 구상한 내용을 10개의 조각으로 나눈
뒤 각 조각을 채워나가는 방법이다.

이렇게 해도 안된다면, 10개의 조각을 각각 10개의 조각
으로 다시 쪼개는 것이다. 그렇게 나눠진 100개의 조각
을 채워나가면 한 편의 소설이 된다.

100미터 달리기 422번이 모이면 마라톤이 되고,
하루가 365번 쌓이면 1년이 된다.

아무리 어려운 일도 잘게 쪼갠 뒤 조각난 부분을 하나씩
해결해나가면 어느새 큰 덩어리가 마무리되는 신기한 경
험을 할 수 있다. 일을 앞에 두고 두려워하기보다 작은
일부터 하나씩 해결해나가는 실천이 필요하다.

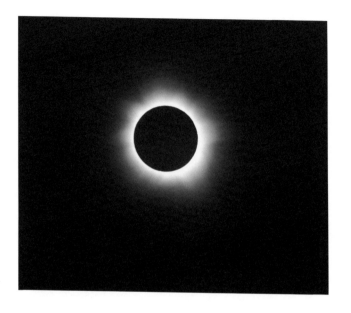

──○ **호주**, 2012

태양이 달에 완전히 가려지는 현상, 즉 개기일식이 일어난 순간이다. 전 지구적으로는 1~2년에 한 번씩은 일어나지만, 보이는 지역이 매우 좁기 때문에 찾아가지 않고 사는 곳에서 일어나기를 기다린다면 평생에 한 번 보기도 쉽지 않다. 우리나라에서는 2035년에 볼 수 있다. 평양에서 볼 수 있고, 서울에서는 부분일식으로 보인다.

문제는 바로 나일 뿐,
세상이 아니다

마감을 한 달 남겨둔 일을 여유 부리다가

사나흘 남기고 서둘러 마무리한 사람이나,

사나흘 남은 일을 급하게 의뢰받고

정신없이 마무리한 사람이나 비슷한 생각을 한다.

'시간이 조금만 더 있었으면

지금보다 더 좋은 결과물을 얻을 수 있었을 텐데.'

그렇다면 그들에게 좀 더 많은 시간을 주면

좋은 결과물을 만들어낼까?

그렇지 않다. 문제는 '시간'이 아니다.

닥쳐야 마지못해 시작하는 상황이 문제고,

최선을 다하지 않았을 뿐이다.

오로라는 한겨울에만 볼 수 있는 것은 아니다. 사실 오로라는 1년 365일 24시간 항상 지구 상공에 떠 있다. 밤이고, 구름이 없으면 볼 수 있다. 북극에 가까운 지역에서 하지 전후는 어두워지지 않는 백야라서 오로라를 볼 수 없다. 하지만 9월 정도가 되면 밤이 시작되면서 오로라를 볼 수 있게 된다. 이렇게 눈과 얼음이 없는 가을 날씨에, 호수 물에 비친 오로라를 볼 수 있다.

내가 잠든 사이,
달은 뜨고 별은 진다

내가 잠들어 있는 순간에도 많은 일이 벌어진다.
어린 생명이 새롭게 태어나고,
안타까운 목숨은 하늘의 별이 된다.

달은 차면 기울고, 수많은 별은 뜨고 지기를 반복한다.
내가 잠들어 있는 그 순간에도.

—◦ **경기도 마석**, 1994

신비로운 밤, 숲속에서는 웬 빛이 새어나온다. 저 빛을 따라가면 상서롭게 생긴 궤 짝에 알이라도 담겨 있을 것 같다. 탄생신화 속 한 장면을 재현한 사진 같지만, 실제 저 빛의 정체는 가로등이다. 천체 사진에서는 좋지 않은 조건인 높은 습도가 오히려 신비로운 분위기를 만들어주었다.

일을 풀어가는
순리부터 배우자

순간적인 위기를 모면하기 위해 그럴듯한 거짓말을 꾸며
내는 능력을 임기응변이라고 말한다.
하지만 거짓말은 곧 새로운 거짓말을 통해 그 상황을 넘
기게끔 만든다. 간단히 끝날 문제를 더 어려운 상황으로
몰고 가는 경우도 많다.

거짓말로 순간의 위기는 모면했을지 모르지만,
다른 사람에게 그 피해가 고스란히 전가된다.
때로는 진실하게 고백할 수 있는 용기도 필요하다.

──────◦ **경주**, 2008

신라인들이 신성하게 여겼던 경주 남산. 그 중턱에 있는 신선암 위쪽 바위에 새겨진
마애보살 반가상이다. 어슴푸레 동이 터오는 하늘을 배경으로 별들의 일주를 담았
다. 여름철이었지만 새벽에는 벌써 겨울철 별자리인 오리온자리가 뜨는 것을 볼 수
있었다.

실패를 거듭하더라도

반드시 성공하게 만드는 힘은 긍정에서 시작된다.

불가능을 가능하게 만드는 힘,

쓰러지더라도 다시 시작할 힘이 곧 긍정이다.

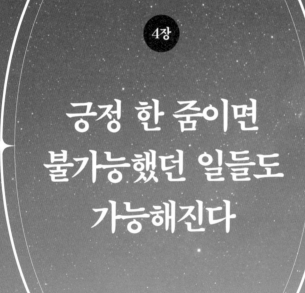

4장

긍정 한 줌이면
불가능했던 일들도
가능해진다

때로는 일부러 잊어보고
내려놓자

손가락에 작은 가시가 박히면 자꾸 신경이 쓰인다.

콧잔등에 뾰루지가 나면 자꾸만 손이 간다.

손톱 사이에 보풀처럼 삐져나온 거스러미가 신경 쓰여

뜯어내다가 피를 보기도 한다.

별거 아닌 작은 일이 신경을 긁고 집중을 방해한다.

큰일을 앞두고 작고 사소한 일에 방해를 받는다.

컴퓨터는 잘 껐는지, 문을 잘 잠갔는지 그런 사소한 일들이 꺼림칙해서 약속 장소로 가는 내내 마음이 찜찜하다.

신경 쓰이는 일이 있다면 빨리 해결하면 된다. 그럴 수 없다면 아주 잠깐 일부러 잊어보자. 조금만 시간이 지나면 기억에서 잊히고 마음이 편안해진다.

───◦ **제부도**, 2002

갯벌 너머로 해가 진다. 일몰을 구경하는 사람들이 점점이 흩어져 있다. 어린왕자는 어느 마음이 슬픈 날 해가 지는 것을 마흔세 번이나 봤다고 한다. 국제우주정거장에서는 일몰을 하루에 열여섯 번 볼 수 있다. 지구를 하루에 열여섯 바퀴 돌기 때문이다.

자신의 잠재력을 믿고
자신감부터 가지자

대단한 능력을 갖췄지만,

정작 본인이 모르고 있는 경우가 많다.

완성한 일들이 하찮아 보이고

이루어낸 성과가 사소하게 느껴질 때도 있다.

내가 하는 모든 일에 자신감을 가져야 한다.

자신의 잠재력을 믿고,

할 수 있다는 믿음을 가져야 한다.

내가 만들어낸 일들이 대단하다는 자부심과

긍정적인 생각을 가져야 한다.

◦──── **캐나다 옐로나이프**, 2015

오로라라고 다 같은 오로라가 아니다. 너무나 희미해서 옅은 구름과 구별하기 힘든
것도 있고, 책을 읽을 수 있을 정도로 밝게 빛나는 것도 있다. 오로라는 어느 한 순
간 갑자기 밝아지면서 온 세상을 그 빛으로 물들이는데, 이것을 영어로는 브레이크
업(Break-up)이라고 한다. 격렬한 오로라 폭풍이 끝나가는 모습을 사진으로 담았다.

긍정이 우리 인생에
미치는 힘

역사엔 '만약'이 존재하지 않는다.

만약 이순신 장군이 없었다면,

만약 소현세자가 죽지 않았다면 등등

만약 역사가 우리가 생각하는 대로 바뀐다면?

역사를 '만약'이라는 가정을 두고 바꿔본다면

어떻게 바뀌게 될지는 아무도 모른다.

모두가 상상 속의 이야기일 뿐이다.

'만약'으로 바뀌도 우리가 생각하는 결과와

완전히 다른 방향으로 변할 수도 있다.

이미 지나온 일도 그럴진대,

하물며 우리가 앞으로 맞이할 일이
어떤 결과를 만들어낼지는 그 아무도 모른다.

'만약'이라는 가정에 부정적인 결과보다는
긍정적인 결과를 만들어놓고 도전해볼 일이다.

———◦ **백두산**, 2010

백두산은 동북아 일대에서 가장 높은 산인데, 정상에 매우 큰 호수가 있다. 서해 가장 깊은 곳이 100미터 좀 더 되는데, 백두산 천지는 그 세 배 가까운 깊이다. 높은 산에 많은 물은 여러 특이한 기상현상을 만들어내는데, 그중 대표적인 것이 많은 구름과 번개다. 사람들 가는 길에 이렇게 피뢰침을 세워놓기 전에는 번개에 맞아 죽는 사람이 꽤 있었다고 한다.

불가능을
가능하게 만드는 힘

우스갯소리로 자주 등장하는 퀴즈 가운데

바늘로 코끼리를 죽이는 방법이 있다.

여러 가지 방법이 있는데,

그중 하나가 죽을 때까지 찌르는 것이다.

이쑤시개보다 작은 바늘로 커다란 코끼리를 죽이는

그 불가능해 보이는 일을 가능케 하는 일 가운데 하나가

꾸준함이다.

'달걀로 바위 치기'라는 속담이 있듯이

쉽게 깨지는 달걀로 바위를 깨뜨리는 일은

불가능해 보인다.

하지만 바위가 깨질 때까지 달걀을 던지면
불가능한 일도 아니다.

처마 밑에 있는 돌들에 깊은 구멍을 만든 것은
정과 망치가 아닌 물방울이다.
워터 나이프라 불리는 물로 만든 칼이 있다.
미세한 노즐을 통해 고압으로 물을 쏘면서
종이나 플라스틱은 물론 쇠를 자르는 도구다.
불가능을 가능케 만드는 힘 가운데 하나는
바로 꾸준함이다.

———◇ **소백산**, 2001

2001년의 사자자리 대유성우를 촬영한 사진이다. 사자자리 유성우는 33년 정도의
주기로 갑자기 수많은 별똥별이 쏟아진다. 필름 카메라의 셔터를 열어두고 별들의
일주를 촬영하는 동안 수많은 별똥별이 쏟아진 것이 같이 찍혔다.

문제를 알면
답이 보인다

한 번 부딪힌 모서리에 또 부딪힌다.

조심해야지 다짐하지만,

다시 또 부딪히는 일이 잦다.

틀린 문제를 연거푸 틀린다.

처음 틀렸을 때 틀린 이유를 정확히 파악했더라면

같은 실수를 반복하지 않는다.

틀린 순간 틀린 이유를 정확하게 알고 확실히 파악했다면

오히려 절대 틀리지 않는 문제가 된다.

무심히 넘기다 보면 실수는 다시 되풀이된다.

같은 모서리에 자주 부딪힌다면

미리 확인할 수 있는 장치를 마련하거나

원인을 파악해서 해결하면 된다.

──◦ **태안 안면도**, 2004

서해, 안면도에 붙어 있는 작은 섬 황도. 서해안에서 바다 위로 일출을 볼 수 있는 곳이다. 이 섬 가운데 언덕 높이 아름드리 큰 나무가 서 있었다. 이 나무를 배경으로 서쪽 하늘 별들이 지는 모습을 담았다. 한적한 마을이었는데, 지금은 펜션으로 뒤덮여서 이 나무도 찾아볼 수 없어 아쉽다.

자신의 삶에
당당해지자

세상에 버려진 듯 절망한 적이 있다.

홀로 남겨진 듯한 외로움,

하는 일마다 실패를 거듭하면서

자존감마저 바닥으로 내려앉은 적도 많다.

나만 실패한 삶을 살아가는 듯한

착각에 빠진 것도 여러 번이다.

그때 나를 일으킨 것은 언제나 같은 자리에서

나를 지켜보던 별이다.

대단한 듯 보이는 사람도 지구에서 살아가는

수많은 사람 가운데 한 명일 뿐이다.

엄청나게 커 보이는 지구도 결국,

우주 안에선 작고 파란 하나의 별일 뿐이다.

남의 삶이 대단해 보여도 결국 작디 작은 지구에 사는

똑같은 생명체일 뿐이다.

◇ **태안 안면도,** 2004

앞의 사진과 같은 나무다. 분위기가 너무 달라 못 알아봤다면, 앞의 사진을 다시 보
자. 분명 같은 나무다. 달라진 것은 빛이다. 나무 뒤에 가로등이 있었다. 천체 사진
을 촬영할 때 대개는 가로등과 같은 불빛이 방해가 되기 때문에 끄고 찍는데, 이번
에는 그대로 켜고 찍었다. 가끔 발상을 전환하면 색다른 사진을 얻을 수 있다.

숨어 있는 1인치를
보는 눈

'트리밍'이라는 편집 기술이 있다.

이미 찍은 사진에서 불필요한 부분을 잘라내거나

핵심이 되는 부분을 부각하기 위해

일부를 확대하거나 중심을 이동하는 조작술이다.

트리밍은 필요한 부분을 확실하고 강력하게 전달한다.

하지만 잘려나간 부분, 숨겨진 부분에 담긴

많은 이야기는 감춰버린다.

살아가면서 트리밍이라는 기술에 자주 속는다.

그러다 보니 눈에 보이는 것만 맹신한다.

프레임 밖 보이지 않은 부분에

감춰진 진실을 볼 수 있는 마음의 눈이 필요하다.

――→ **호주**, 2012

호주 북서쪽 오지에는 바오밥나무가 자란다. 아프리카에만 바오밥나무가 있는 게
아니다. 하긴 호주 대륙은 몇만 년 전에는 아프리카에 붙어 있는 땅이었다. 대륙이
동으로 점점 떨어져나와 지금의 위치에 오게 되었으나, 풍경과 느낌이 아프리카 동
부와 매우 비슷하다. 이 바오밥나무를 배경으로 남반구의 은하수를 촬영했다.

어떻게 보느냐가
미래를 결정한다

반 잔의 물은 누구 손에 있느냐에 따라

반이나 남은 물이 되거나, 반밖에 없는 물이 된다.

같은 상황도 생각하기 나름이다.

긍정적인 눈으로 보면 모든 일이 긍정적이지만

부정은 긍정의 마음을 좀먹는다.

—→ **노르웨이,** 2013

노르웨이의 베르겐에서 북극권으로 가는 크루즈선을 타고 유럽 대륙의 북쪽 땅끝으로 가던 중에 오로라를 만났다. 하늘에는 구름이 잔뜩이지만 구름을 뚫고 내려온 오로라의 강렬한 빛이 바다 표면을 형광색으로 물들였다.

남과 다른 생각이
성공을 만든다

둥근 달걀을 탁자 위에 세워야 하는 어려운 문제를 콜럼

버스는 너무나도 쉽게 해결했다.

모두가 할 수 없는 일이라고 손사래를 쳤지만,

그는 달걀 끝부분을 깨뜨리는 간단한 방법으로 해결했다.

모든 사람이 그렇게 하면 누가 못 하느냐고 항의했지만,

콜럼버스 이전엔 모두가 못 한다던 일이었다.

생각하지 못한 일도 아니었다.

하지만 그렇게 하면 안 되는 줄 알았다.

남이 이루어낸 성과는 쉬워 보인다.

남과 다른 생각이 성공을 만든다.

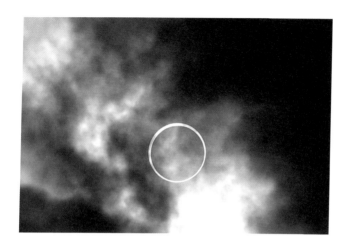

———◦ **일본 가고시마**, 2012

말 그대로 '해를 품은 달'이다. 지구와 태양 사이에 달이 들어갔다. 완전히 가리면
개기일식인데, 이때는 미니문이어서 달이 작아 태양을 완전히 가리지 못하고 반지
모양이 되었다. 이런 것을 금환식이라고 한다. 이날, 우리나라에서는 부분일식으로
볼 수 있었다.

어른이 되어서야
알게 된 것들

빨리 어른이 되고 싶었다.

빨리 크고 싶어 별만 쳐다봤다. 아득하게 멀었지만,

크면 좀 더 가까워질 줄 알았다.

어른이 되면 마음먹은 일은

무엇이든 할 수 있을 줄 알았다.

어른이 되고 나서야 알았다.

할 수 없는 일이 더 많다는 것을.

별은 아직도 까마득히 먼 곳에 있다는 것을.

──◇ **탄자니아 킬리만자로산**, 2010

킬리만자로산은 해발 5,895미터로 아프리카 대륙에서 가장 높다. 특히 적도 근처에 있어서 북반구와 남반구의 별을 모두 볼 수 있다. 정상 근처에서 남쪽 하늘을 보고 일주 사진을 밤새 촬영했다. 지평선 바로 위로 천구 남극을 중심으로 밤하늘의 별들이 그리는 궤적이 원을 그리고 있다.

거대한 바위도 물방울로 구멍이 나고,

아무리 약한 달걀도 꾸준함이라는 정성이 더해지면

쇳덩어리도 깰 수 있다.

정성은 죽은 사람도 살리는 힘이 있다.

5장

정성 없는 사랑은
아무리 커도
헛것이다

보물상자를
발견하는 법

빨리 결과가 나오지 않는다고
조바심을 내다 보면 쉽게 지친다.

어린 시절부터 두각을 나타내는 사람이 있는가 하면,
아주 늦은 나이에 재능이 만개하는
대기만성형도 있다.
박완서 선생은 전업주부로 살다가
40대에 소설가로 데뷔했지만
어린 시절부터 소설가로 살았던 사람들보다
더 많은 작품을 탄생시켰다.

한 삽만 더 파면 깊숙이 묻힌 보물상자에 닿을 수 있다.

하지만 조급한 마음에 중단하면 보물상자는 내내

땅속에 묻혀 있을 수밖에 없다.

◇ 호주, 2012

바오밥나무 위로 솜사탕 같은 희끄무레한 덩어리 2개가 보이는데 대마젤란(왼쪽), 소마젤란(오른쪽)은하다. 우리은하에서 각각 16만, 20만 광년 떨어져 있다. 우리은하의 위성 은하로 남반구에서 맨눈으로 볼 수 있다.

성공을 위한
최소 조건

자신은 복권에 당첨되는 행운은 없다며 투덜댄다.

성공을 위해 매일같이 신께 기도하면서

정작 아무런 노력도 하지 않는다.

신이라고 만능은 아니며,

아무 소원이나 다 들어주진 않는다.

원하는 것을 얻고 싶다면 신이

그 소원을 이루어줄 수 있도록

최소한의 조건을 만들어야 한다.

복권을 직접 사야 하고,

신이 기회를 줄 때 잡을 수 있도록

미리 준비하고 있어야 한다.

———◇ **탄자니아 킬리만자로산**, 2010

해가 뜨기 전 동쪽 하늘에 세로 방향으로 빛이 퍼지는 것이 보인다. 황도광이라는 것인데, 46억 년 전 태양계가 만들어질 당시 태양이나 행성으로 뭉치지 않고 남은 우주 먼지가 보이는 것이다. 워낙 미약한 존재들이기 때문에 평소에는 보기 어렵다. 강렬한 태양 빛이 없어지면서 밤하늘이 어두워지는 그 절묘한 시점에 비로소 태양 빛을 반사해 모습을 잠시 드러낸다. 황도광은 하늘이 아주 깨끗한 곳에서라야 볼 수 있고, 특히 적도 지방으로 갈수록 잘 보인다. 황도광은 한반도에서는 제대로 보기 어려운 현상이지만, 지구상에서 가장 좋은 조건을 갖춘 킬리만자로에서는 너무나 잘 보였다.

최고를 위해
단지 최선을 다할 뿐이다

반원을 그리는 별 사진은 하루에 딱 한 장 찍을 수 있다.

그것도 1년에 딱 한 번, 밤이 긴 동지뿐이다.

그 한 번을 실패하면 다시 한 해를 기다려야 한다.

하지만 동지라고 해서 모두 찍을 수 있는 것은 아니다.

자연이 받아줘야 한다.

날씨는 변화무쌍하고, 세상은 너무 빨리 변한다.

내년은 지금과 다르고, 시간은 풍경을 가만두지 않는다.

지금 만나는 풍경이 가장 멋지다는 만족!

그 만족이 있어야 다음을 기약할 수 있다.

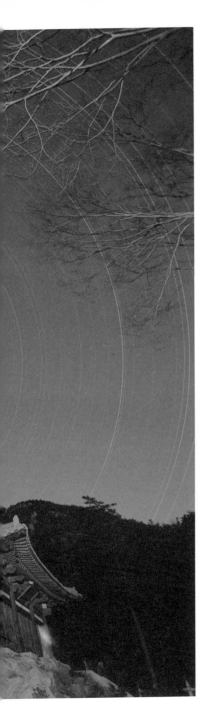

————◇ **충남 홍성**, 2007

12시간 동안 셔터를 열어두고 북쪽 하늘 별들의 일주운동을 촬영했다. 별의 궤적이 반원을 만들었다. 밤이 가장 긴 동지 전후로만 촬영할 수 있는 사진인데, 밤중에 구름이라도 한 번 지나가면 실패다. 그래서 10년이 넘게 시도해서 마침내 건진 사진이다. 야산에 미륵불 하나 덩그렇게 있었는데, 그새 절간이 새로 들어섰다.

정말 간절하면
반드시 응답이 온다

이른 새벽이면 어머니들은 우물에서 맑은 물 한 그릇을
떠놓고 가족의 안녕을 비는 기도를 드렸다.
원하는 소원을 이루기 위한 간절함은 물 한 그릇이었지만,
가장 맑은 물이어야 했기에 누구보다 먼저 우물로 갔다.

신은 재물의 양이나 규모가 아니라 간절함에 응답한다.
부자의 식탁에 놓은 생수 한 병보다 저렴한
한 그릇의 정화수지만, 부자의 금은보화보다 훨씬 더
간절함이 담겨 있기 때문이다.

──◦ **전북 임실**, 2008

마을 어귀에 세워놓은 남근석이다. 음기를 누르고 다산과 풍요를 기원하는 민속신
앙에서 비롯되었다. 농지 정리 과정에서 두 동강이 난 것을 다시 붙여서 세워놓았다
고 하는데, 예전에 없던 울타리까지 생겼다. 은하수 중심 부근이라 별 이외에 은하
수가 움직인 흔적이 얼룩덜룩한 무늬로 밤하늘에 남겨졌다.

엄청난 노력이
만들어낸 행운

실패 없이 인생을 살아온 사람이 있다.

시험에 떨어진 적 없고, 하고자 하는 일들은

한두 번의 도전으로 모두 이루어낸 사람.

우리는 이런 사람을 운이 좋은 사람이라고 말하곤 한다.

당사자도 겸손의 마음으로 운이 좋았다고 말한다.

가위바위보를 해보면 연거푸 이기는 것도 한두 번이다.

운이 좋은 것 역시 마찬가지다.

매번 운이 좋을 순 없다.

실패 없이 살아온 사람의 삶을 되짚어보면

좋은 운을 만들기 위해 엄청나게 노력했다는 것을

알 수 있다.

———◇ **탄자니아 킬리만자로산,** 2010

킬리만자로산 정상 위로 화구, 그러니까 엄청나게 큰 별똥별이 떨어지고 있다. 내가 평생 촬영했던 것 중에 가장 크고 화려한 별똥별이다. 별똥별은 언제 어디로 떨어질 지 알 수 없다. 그런 것이 킬리만자로산 봉우리를 찍고 있는 카메라 화각의 한가운 데로 떨어져준 것이다. 참으로 행운이다. 그런데 사실 그날 똑같은 화각으로 촬영한 것이 2,210장이다. 그중 한 장에 저것이 찍혔다.

하찮은 흙도
반짝이게 만드는 힘

흙에 도공의 사랑스러운 손길이 닿으면

반짝반짝 빛나는 도자기로 변한다.

사랑은 하찮은 것을 반짝이게 만드는 힘을 지녔다.

아무것도 아닌 것이 사랑이라는 이름 아래 가치를 얻고,

평범한 것들이 사랑을 받으면 빛나기 시작한다.

———◇ **서울**, 2015

크리스마스 새벽에 지는 보름달을 담았다. 크리스마스와 보름이 겹치면 럭키문이라고 부른다는 이야기도 있다. 어쨌든 38년을 주기로 돌아오니 흔한 것은 아니다.

너무나 가까워서
보이지 않는 별

든든한 버팀목이 되어주던 아버지.

늘 따뜻한 밥을 해주던 엄마.

아웅다웅 싸우며 지내지만

결국은 내 편이 되어주는 형제자매.

너무나 가까이 있어서

오히려 서운하게 만들곤 하는 사람들.

하늘만 보다 보면

그 안에 총총하게 떠 있는 별은 보지 못한다.

———◦ **호주**, 2010

시드니 공항에 착륙하기 직전. 구름이 덮인 시내 위로 시내 중심가의 마천루들만 고
개를 내밀고 있다. 황홀한 일출이었다.

길을 정한 뒤
묵묵히 걸으면 된다

세상 모든 일이 내 맘 같지 않다.

낳고 기른 자식도 그렇고,

공들여 이룬 일들도 한순간에 무너진다.

나와 다르다고 틀린 것은 아니다.

다름과 틀림이 다르듯 다른 것은 다른 것이다.

가는 방향이 다르다고 틀린 길을 가는 것은 아니다.

묵묵히 걸어가기.

세상 모든 일이 나를 휘둘러도 가야 할 길을 정한 뒤

묵묵히 걸으면 된다.

내가 중심을 잡고 그 길을 간다면

언젠간 목적지에 도달할 수 있다.

◇── **탄자니아 킬리만자로산**, 2010

별들은 북반구에서는 북극성을 중심으로, 남반구에서는 천구 남극을 중심으로 하루에 한 바퀴씩 도는 일주운동을 하고 있다. 양 극에서 멀어질수록 별들이 그리는 동심원이 점점 커지면서 천구 적도에서는 별들이 직선으로 움직이게 된다. 적도에 있는 킬리만자로에서 서쪽을 바라보면, 가운데에서는 직선의 궤적이 나타나고, 가장자리로 갈수록 점점 북극과 남극을 향해 휘어지는 궤적이 나타나게 된다. 실제로는 별들이 움직이는 것이 아니라 지구가 돌고 있기 때문에 나타나는 현상이다. 적도의 화산 킬리만자로에서 수직으로 분출되는 듯한 별들의 일주 사진. 이 사진 한 장을 찍기 위해 10년을 준비했고 결국은 찍었다.

언제든지 다시
시작할 수 있다

다 쓰면 다음 날 다시 가득 채워지는 통장이 있다.

낭비해도 아껴 써도 다음 날이 되면

다시 새것으로 채워지는 통장.

전날의 낭비는, 허투루 버린 것은 잊어도 좋다.

전날 가지고 있던 것들은 모두 사라져버리기 때문이다.

별이 중천에 뜨면 모든 것이 초기화된다.

다시 시작하는 새로운 하루다.

───◇ **부산 일광**, 1994

수평선 위로 해가 떠오른다. 밤새 오징어잡이를 마치고 들어오는 어선의 실루엣이 겹쳤다. 태양은 우리 태양계 전체 질량의 99.86%를 차지하고 있다. 수성, 금성, 지구, 화성, 목성, 토성, 천왕성, 해왕성 다 합쳐봐야 0.1% 정도밖에 안 된다는 이야기다. 우리 지구의 생명이 살아가는 원천이 되는 에너지의 대부분이 태양에서 온다. 이렇게 태양은 앞으로 50억 년을 더 에너지를 뿜어내다가 우주 먼지로 돌아간다.

별빛 아래에서는
모든 일이 하찮다

사랑싸움은 서로가 피해자라 주장한다.
두 사람의 말을 모두 들어보지 않는다면
한쪽으로 무게가 쏠린다.

그렇게 서로의 피해를 주장하며
주변 사람들의 호응을 원하던 사람들이
어느 순간 둘도 없는 애정을 과시한다.

반짝이는 별빛 아래에서는 모든 일이 하찮다.

—◦ **태안 천리포**, 1994

서해안의 지는 해를 담았다. 앞의 두 사람은 대학 시절 같은 동아리 친구들이다. 지는 해 직전의 저 태양은 사실 8분 20초 전의 모습이다. 지구에서 태양까지의 거리는 대략 1억 5천만 킬로미터로, 빛의 속도로 가면 그만큼의 시간이 걸린다.

이루지 못한다는 두려움을 넘어서는 힘이 믿음이다.

목적지에 도달한다는 믿음, 가능성을 넘어선다는 믿음,

반드시 이룬다는 믿음이면 절반은 성공한 것이다.

6장

태산을 옮기는 힘은 겨자씨만큼이나 작은 믿음이다

완벽은 없다,
단지 끝없이 노력할 뿐!

세상에 완벽한 사람은 없다. 불완전하지만 완벽해지려고 노력하는 사람이 있을 뿐이다.

하지만 완벽한 상황은 만들 수 있다. 연습하고, 연구하고, 준비해서 실수할 상황을 줄여나가면 된다.

이순신 장군이 스물세 번의 전쟁에서 모두 이길 수 있었던 것은 그가 초인적인 능력을 갖췄기 때문이 아니다. 이길 수 있는 상황을 만들고 그 안에서 실수 없이 싸웠기에 가능한 일이었다.

전쟁을 앞둔 상황에서 고민하고 아파한 『난중일기』의 기록을 보면 그도 결코 완벽하지 못한 인간이었다는 사실을 알 수 있다.

——◦ **울릉도,** 2014

울릉도에서 바라본 동해 위로 해가 뜨고 있다. 해 가운데에 독도가 보인다. 울릉도–독도–태양이 일직선으로 보이는 시기가 11월과 2월에 약 2주 정도씩 생긴다. 삼각함수를 이용해 계산해서 촬영한 사진이다. 이 촬영을 계획하고 완성하는 데까지 3년이 걸렸다.

빛나는 삶의 궤적에
상처는 필수다

소나무를 잘라 테이블을 만들 때
곧게 뻗은 잘 자란 나무보다
중간중간 옹이가 있는 것이 더 아름답다.
상처 입은 부위가 치유되고 덧나는 과정에서
소나무에 깊은 생채기가 생기게 되는데,
이것이 아름다운 무늬로 되살아나는 것이다.

사람의 삶이 아름다워지려면
상처 입고 고난을 겪은 이야기가 있어야 한다.
그것을 극복한 과정이 그의 삶에
아름다운 무늬를 만드는 것이다.

───◦ **경주,** 2015

경주 남산 창림사 터에 남아 있는 석탑 너머로 낮에 뜬 달을 찍었다. 밤에 뜬 달이
누르스름하게 보이는 데 비해, 낮에 뜬 달은 하얗게 보인다. 원래의 노란색에 하늘
의 파란색이 더해져서 희게 보이는 것이다.

비난은 천천히,
상황을 파악한 후에!

상황을 정확히 알려면

양쪽 모두의 이야기를 들어봐야 한다.

모든 일에는 당사자도 모르는 진실이 숨어 있다.

편견 없이 상황을 파악하려면

모두의 의견을 들어야 하고,

숨겨진 뒷이야기들도 들어봐야 한다.

오늘도 수많은 사연이 인터넷에 소개된다.

억울하다는 하소연, 도와달라는 호소,

선뜻 결정하지 못한 일들에 대한 망설임까지.

우리는 그 글만으로 공감하고 비난하지만,

나중에 전후 사정이 밝혀지면서

상황이 반전되는 일들을 자주 겪게 된다.

모든 이야기는 한 사람의 관점에서 소개된다.

누군가를 비난하는 일은

모든 상황을 정확히 파악한 뒤에 해도 늦지 않다.

—⟶ **캐나다 옐로나이프,** 2011

밤하늘을 보다 보면 정말 알 수 없는 현상을 보기도 한다. 이럴 때면 저게 UFO인가 하는데. 찾다 보면 답은 대개 나온다. UFO를 가장 많이 발견할 것 같은 곳인 천문대에서 발견했다는 소식이 없는 이유다. 여기 찍힌 허연 빛의 덩어리는 정말 보기 쉽지 않은 것인데. 우주로 쏘는 로켓 발사 직후에 남은 연료를 버리면 저렇게 보인다고 한다.

그래도 지구는
태양 주위를 돈다

인간은 '지구가 태양 주위를 돈다'는 지동설을 먼저 알았
다. 그러다가 아리스토텔레스가 주장한 '태양이 지구 주
위를 돈다'는 지구 중심의 천동설이 종교와 만나면서 굳
건한 신앙으로 자리 잡았다. 천동설을 거역한다는 것은
목숨을 걸어야 하는 일이었다.

과학이 발전하면서 지동설이 당연한 사실로 받아들여졌
다. 거대한 지구가 태양 주위를 1년에 한 번씩 돈다는 것
이 증명되기 시작했다.

그런데도 많은 사람이 아직도 태양이 지구 주위를 돈다
고 믿고 싶어 한다. 세상이 나를 중심으로 돌아간다고 믿
는 것처럼.

──◇ **호주 쿠나바라브란**, 2010

호주 Australian Astronomical Observatory(AAO)의 Anglo-Australian
Telescope(AAT)가 있는 돔을 배경으로 남반구의 별들이 일주운동을 하고 있다.
북반구의 하늘에는 북극성인 폴라리스가 있어서 북쪽을 쉽게 찾을 수 있는데, 남
반구의 하늘에는 천구 남극 근처에 밝은 별이 없어서 천구 남극에서 한참 떨어진
남십자성을 이용해 찾아나간다.

과감하게
버려보기

신문이나 잡지를 보다가

필요한 내용인 것 같아 모아두다 보면

잊고 있다가 서너 해 지난 뒤에 다시 뒤적이게 된다.

그 긴 시간 보지 않던 내용을 버리지 못하고

또다시 모으게 된다.

버리지 못하는 사람이 있다.

짐도 미련도 끌어안고 사는 사람들.

그들의 공통된 특징은 버리고 나면

반드시 쓸 일이 생긴다는 것이다.

짐이건 자료건 1년 내내 꺼내보지 않아도

불편함이 없다면 버려도 된다.

─────◇ **경주**, 2013

'무문관'이라는 곳이 있다. 문이 없다는 뜻이다. 스님들이 스스로 문을 걸어 잠그고
천 일 동안 말도 하지 않고 하루에 한 끼만 먹으며 수행한다. 다큐멘터리 촬영으로
알게 된 곳인데, 그 창문으로 스며드는 별빛을 담았다.

사소하고 작은 일도
소홀히 여기면 안 된다

문지방을 밟지 말라고 배웠다.

별것 아닌 작은 일인데 예민하다고 생각했다.

그러다가 알아버렸다.

문지방이 집을 구성하는 기본 중의 기본이라는 것을.

문지방이 망가지면 문틀이 부서지고,

문틀이 부서지면 벽이 무너진다.

그러다 보면 결국 집이 무너지고 마는 것이다.

작고 사소한 일이라고 소홀히 여기면 안 된다.

──◇ **제주도**, 2015

한라산은 1,947미터 높이다. 그 중턱인 1,100미터 고지에 서 있는 흰 사슴상과 별을 담았다. 한라산 정상에 있는 백록담의 '백록'이 바로 흰 사슴을 말한다. 흰 사슴이 밤하늘의 별을 보고 있는데, 한라산의 '한라'가 은하수를 당긴다는 뜻이다.

이유 없이
좋은 이유

드라마 〈대장금〉의 한 장면이다.

어린 장금이가 죽순채를 먹고 양념의 종류가 무엇인지

묻는 말에 "홍시"라고 말한다.

왜 홍시라고 생각하느냐는 질문에 "그냥 홍시 맛이 나서

홍시라 생각한 것인데…"라고 답한다.

무언가를 좋아하게 된 이유를 물었을 때 가장 많이 나오는

답이 "좋아하는 데 무슨 이유가 있느냐"라는 것이다.

그렇다. 때로는 꾸밈없이 있는 그대로를 사랑할 필요가

있다. 아무 이유 없이 좋아하고, 있는 그대로 받아들이는

것이 사랑이다.

◦ **독도,** 2013

독도에서 본 은하수다. 왼쪽 동도 꼭대기의 빛은 등대이고, 왼쪽 끝 바다 위의 불빛
은 고기잡이 어선이다. 원래는 주변에 어선들이 많아 그 불빛으로 별 보기가 힘들
정도로 하늘이 밝은데, 그날따라 배가 거의 없었다.

마음에서
우러나오는 믿음

만날 때마다 교회에 나오라고 권하던 친구가 있었다.

그는 신앙을 가졌지만, 삶은 세속적이었다.

교회에 나오라는 말도, 믿음에 관한 이야기도 한 적 없는

또 다른 친구가 있었다.

그저 옆을 지키는 친구일 뿐이었다.

삶에서 믿음을 보여준 친구의 조용한 신앙이

내게 감동을 주었다.

————◦ **캐나다 옐로나이프**, 2012

처음 오로라를 보면 생각보다 장대한 규모로 펼쳐지기에 놀란다. 밤하늘을 가득 채운 형광빛은 한 시야에 들어오지 않을 정도로 넓게 펼쳐진다. 두 번째로 놀라는 것은 생각보다 빠르게 움직이기 때문이다. 그래서 극지방의 원주민들은 오로라를 '정령들의 춤'이나 '신의 영혼'으로 여기기도 했다.

숙성이 만든
깊은 맛

말을 하기 전에 속으로 셋을 세고, 대답하기 전에 미리
한 번 곱씹어보면 실수할 일이 없어진다.
많은 사람으로부터 칭송을 받던 사람도 말 한마디에 신
망을 잃는 경우를 종종 보게 된다.

명연설은 즉흥적으로 나오지 않는다.
오랜 시간 몇 번을 곱씹은 뒤에야 나오고,
맛있는 장은 오랜 숙성을 거친 뒤에야 완성된다.

───◦ **태안 천리포**, 1994

태안의 만리포 바닷가 위에 그보다 조금 작은 천리포가 있다. 그리고 그 위에 그보
다 더 작은 백리포, 십리포가 이어진다. 아름다운 해변이다. 천리포 앞, 썰물 때면
이어지는 작은 섬과 별들의 일주를 사진에 담았다. 은하수 근방의 얼룩과 별똥별 흔
적도 볼 수 있다.

바다가 눈물 맛이라는 것을
열두 살 무렵에 알아버렸다.
처음 바다를 갔던 어느 여름이었다.

별이 친구라는 것을
스무 살 무렵에 알아버렸다.

외로움을 알고
고독을 알고
이별을 경험했던

어느 여름밤이었다.

7장

별이 친구라는 것을
알아버렸다

내 소원을 담은
별을 아시나요?

사람 다리는 2개이고, 말은 4개, 개미는 6개다.

장수풍뎅이도 6개, 문어와 거미는 8개,

게는 10개의 다리를 가졌다.

모두가 다른 개수의 다리를 가진 것은

그만한 이유가 있을 것이다.

열 손가락 깨물어 아프지 않은 손가락이 없듯,

많은 다리를 가진 지네에게도 필요 없는 다리는 없다.

묘지마다 죽은 이유가 있고,

하늘을 가득 메운 별들 역시 사연 하나씩 숨기고 있다.

모든 사람이 내 별이라며 하나씩 점찍고

소원을 빌었기 때문이다.

—◇ **소백산천문대**, 2001

사자리 유성우가 쏟아지는 밤이었다. 15초의 짧은 노출에도 별똥별 2개가 촬영되었다. 그럼 소원을 두 번 빌었어야 했을까. 참고로 내가 그날 밤 본 별똥별의 수는 수천에서 수만 개 정도로 추정된다. 33년을 주기로 도는 템플–터틀 혜성이 지나간 직후, 이 혜성이 남긴 부스러기들과 지구가 만나는 날에 별똥별들이 엄청나게 쏟아진다.

속도가 아닌
방향이 중요하다

비와 바람조차 내 편이 아닌 날이 있다.
길 위의 사람들, 풍광들, 흐르는 물길조차
나와는 다른 길을 가는 경우도 잦다.
날줄과 씨줄이 교차하듯 저마다의 길을 향해
총총히 걸어가는 그런 경우는 허다하다.

살아가는 일은 서로 다른 날갯짓으로
같은 목적지를 향해 날아가는 것이다.
목적지에 도달하는 속도가 다르고,
날아가는 방향에 따라 그려지는 무늬가 다를 뿐이다.
지향하는 바는 결국 같다.

──→ ✦ **캐나다 옐로나이프**, 2013

오로라는 맨눈으로 보면 대개 색이 희미하다. 반면 사진으로 찍으면 색이 선명하다. 사람의 눈에는 명암을 느끼는 시세포와 색채를 느끼는 시세포가 각각 있는데, 색채를 느끼는 시세포의 수가 훨씬 적어서 빛이 약한 밤에는 주로 명암으로 느끼기 때문이다. 하지만 매우 밝은 오로라가 나타나면 맨눈으로도 굉장히 화려한 핑크색, 연두색 등을 느낄 수 있다.

가다가 막히면
돌아가라

막히면 돌아가면 된다.

조금 힘들다면 슬쩍 몸을 비틀면 된다.

보기 아름다운 것은 직선이 아니다.

곧고 바른 것을 최고라 여기지만,

부드러움이 곧음을 이긴다.

곡선은 구부러질 뿐 부러지지는 않는다.

──◇ **거제도**, 1998

거제도 남쪽, 한려해상국립공원의 작은 섬들을 배경으로 별들이 움직여갔고, 배들도 바다 위에 그 흔적을 남겼다.

온전히 집중하는
법을 배우자

책을 읽고 있지만, 마음이 다른 곳에 가 있다면

한 권을 다 읽어도 글 한 줄 머리에 들어오지 않는다.

수만 개의 별이 반짝이는 하늘이지만,

마음이 없다면 별자리 하나 보이지 않는다.

온전히 한 곳에 집중하는 마음이 중요하다.

──◇ **경주**, 2015

경주 첨성대 앞에서 북쪽 하늘 별들의 일주운동을 담았다. 첨성대는 동양에서 가장 오래된 천문 관측시설이다. 예전에는 이렇게 많은 인공 불빛이 없었고, 주변이 평지라 이 정도 높이의 건축물에서도 사방의 별을 잘 볼 수 있었을 것이다.

짧은 안부,
모두가 행복해지는 법

아주 오랜만에 잊고 지냈던 친구에게서 연락이
왔다. "잘 사냐?"는 짧은 질문이었다.
"잘 산다"는 짧은 답변을 보냈다.
딱 그거뿐이었다.

짧은 안부, 그거 하나로도 안심이 되는 요즘이다.
그거 하나로 모두가 행복해졌으면 좋겠다.

——○ **청주**, 2015

공군사관학교 내에 있는 천문대를 배경으로 남쪽 하늘 별들의 일주운동을 담았다.
비행기가 없던 시절 뱃사람들은 하늘의 별을 보고 방향을 찾았고, 아폴로 미션으로
달에 갔다 온 우주인들도 천문대에서 유사시에 별로 위치를 찾는 훈련을 받았다고
한다.

간절해야만
보이는 풍경

찾아가면 언제든 볼 수 있는 풍경이 있는가 하면,

갈 때마다 헛수고하곤 하는 풍광이 있다.

1년에 단 한 번 문을 여는 사찰이 있고,

어쩌다 서너 번 자연이 허락해야

출입이 가능한 해변도 있다.

아무 때나 볼 수 있다면 간절하지 않다.

누구나 만날 수 있다면 그립지 않다.

좋은 풍경은 간절한 사람 앞에서만 모습을 보인다.

───◇ **거제도**, 1998

사자자리 별들의 일주운동을 담는 중에 작은 별똥별이 하나 촬영되었다. 가운데에
보이는 짧은 궤적이 바로 그것이다. 궤적이 짧은 것은 별똥별이 하늘에서 내가 서
있는 방향으로 날아왔기 때문이다. 이런 별똥별을 보면 긴 꼬리를 보이며 휙 지나가
는 것이 아니라 한 자리에서 밝게 빛나고 사라진다. 이날 엄청난 수의 별똥별이 떨
어진다고 예고되었지만, 예측이 빗나갔고 많은 사람들이 실망했다. 하지만 3년 뒤
2001년에는 정말로 많은 별똥별을 볼 수 있었다.

우리가
살아가는 이유

무수한 이야기와 쓸쓸한 흔적만 남은 사찰 터 위로
오늘도 무수한 별들이 뜨고 진다.

죽은 뒤에도 나라를 지켜주겠다는 유언을 남긴
문무왕을 바다에 묻은 뒤 지은 '감은사'가
생기기 훨씬 이전부터 그 별들은 그 자리에서 반짝였다.

2개의 돌탑만 남은 감은사지 벌판 위엔
사람들의 살아온 시간을 묵묵히 지켜보면서
오늘까지 살아온 천년의 시간이 무심히 뜨고 진다.

———◇ **경주**, 2009

신라시대 감은사 절터에 남은 돌탑을 배경으로 별들의 일주운동을 촬영했다. 감은
사지에서 동쪽 바다를 바라보면 문무대왕릉이라고 부르는 바닷가 바위가 있다. 지
금은 육지화되었지만, 절 바로 아래까지 바닷물이 들어오는 수로가 있었다고 하는
데 동해의 용이 된 문무왕을 위해 만든 길이었다고 한다.

나를 버리기 위해
종종 길을 나서자

떠남에는 일정 부분 버림을 동반한다.

아주 가끔, 쓰레기봉투를 몰래 버리듯

나를 버리기 위해 길을 나선다.

어느 깊은 산골이기도 하고,

이름 모를 섬이기도 하고,

물빛 고운 바다이기도 하다.

그런데 버리고 돌아온 날은 정작 버려야 할 것들보다

더 많은 것들을 버리고 온다.

마음을 뭉텅 버려 갈피를 못 잡거나

면역력마저 버린 뒤라 일상에 적응을 못 하곤 한다.

그래도 버린 뒤의 삶은 버리기 전 삶과 많은 부분 다르다.

───◇ **울릉도**, 2014

울릉도 저동항의 촛대바위 너머, 구름 틈으로 아침 햇살이 쏟아지고 있다. 독도를 품은 일출을 찍기 위해 돌아다니던 때가 있었다. 독도가 저 방향인데, 날씨가 좋지 않아서 안 보이는 줄 알았는데 지구가 둥글다 보니 독도가 멀리 수평선 저 뒤로 넘어가버린 것이었다. 그 사실을 깨닫고 삼각함수로 위치를 계산해서 촬영할 수 있었다.

무리 안에 있다고
외롭지 않은 게 아니다

모두 잠든 새벽, 고속도로 위에선 차들이 옹기종기 모여
달리는 장면을 자주 보게 된다.
서너 대씩 혹은 예닐곱 대씩, 빈 도로를 사이에 두고 달
리는 그들은 동료들이 아닌 경우가 대부분이다.
낯선 차들이 무리를 지어 달리는 모습은 몇 킬로미터의
간극을 두고 꾸준히 이어진다.

그 틈을 비집고 빈 도로를 달려 앞선 무리 사이에 끼어들
때면, 그냥 이곳에 안주하고 싶다는 생각이 들곤 한다.
낯선 도로 위를 달리는 차들조차 외로운 것이다.

───◇ **호주 멘지스**, 2016

이 사진을 촬영한 빌라드(Ballard) 호수는 서호주의 관문인 퍼스(Perth)로부터 1,000킬로미터나 떨어져 있다. 이 오지 중의 오지를 특별하게 만들어준 것은 한 예술가다. 인간의 등신대 조각상 51개를 만들어 말라붙은 염호 바닥에 세웠다. 이 조각상들은 남성, 여성, 아이 등 성별과 크기 등이 모두 다르고, 하나하나는 거의 100미터 정도의 간격을 두고 띄엄띄엄 있어서, 한눈에 모든 조각상을 보는 것은 불가능하다. 인간의 고독을 상징하기 위해 이렇게 외롭게 세웠다고 하는데, 서로 보이는 조각상은 서로 마주 보게 해서 같이 사는 존재임을 상징했다고 한다.

■ **독자 여러분의 소중한 원고를 기다립니다** ─────────────

메이트북스는 독자 여러분의 소중한 원고를 기다리고 있습니다. 집필을 끝냈거나 집필중인 원고가 있으신 분은 khg0109@hanmail.net으로 원고의 간단한 기획의도와 개요, 연락처 등과 함께 보내주시면 최대한 빨리 검토한 후에 연락드리겠습니다. 머뭇거리지 마시고 언제라도 메이트북스의 문을 두드리시면 반갑게 맞이하겠습니다.

■ **메이트북스 SNS는 보물창고입니다** ─────────────

메이트북스 홈페이지 matebooks.co.kr

홈페이지에 회원가입을 하시면 신속한 도서정보 및 출간도서에는 없는 미공개 원고를 보실 수 있습니다.

메이트북스 유튜브 bit.ly/2qXrcUb

활발하게 업로드되는 저자의 인터뷰, 책 소개 동영상을 통해 책에서는 접할 수 없었던 입체적인 정보들을 경험하실 수 있습니다.

메이트북스 블로그 blog.naver.com/1n1media

1분 전문가 칼럼, 화제의 책, 화제의 동영상 등 독자 여러분을 위해 다양한 콘텐츠를 매일 올리고 있습니다.

메이트북스 네이버 포스트 post.naver.com/1n1media

도서 내용을 재구성해 만든 블로그형, 카드뉴스형 포스트를 통해 유익하고 통찰력 있는 정보들을 경험하실 수 있습니다.

STEP 1. 네이버 검색창 옆의 카메라 모양 아이콘을 누르세요.   STEP 2. 스마트렌즈를 통해 각 QR코드를 스캔하시면 됩니다.
STEP 3. 팝업창을 누르시면 메이트북스의 SNS가 나옵니다.